PRIME PAGINE

Le storie contenute in questa raccolta sono state precedentemente pubblicate in singoli volumi: *Il compleanno della luna*, *Il signor Talpa e il topo Nino*, *Un concerto per la nuvola Olga*, *La nuvola Olga e il marinaio*, *Filippo pesciolino fa gli scherzi*, *La nuvola Olga e lo spaventapasseri*, *Filippo pesciolino e la stella marina*, *La nuvola Olga e la nebbia*, *L'albero vanitoso e il nido*, *Il sogno dell'albero vanitoso*.

Prima ristampa, novembre 2018

ISBN 978-88-6714-780-9

www.edizioniel.com

LE PIÚ BELLE STORIE DELLA NUVOLA OLGA E DEI SUOI AMICI

Nicoletta Costa

EMME EDIZIONI

INDICE

VI PRESENTO LA NUVOLA OLGA E I SUOI AMICI

Un concerto per la nuvola Olga

La nuvola Olga e il marinaio

Filippo pesciolino fa gli scherzi

La nuvola Olga e lo spaventapasseri

L’albero vanitoso e il nido

La nuvola Olga e la nebbia

Il compleanno della luna

Filippo pesciolino e la stella marina

Il sogno dell’albero vanitoso

Il signor Talpa e il topo Nino

… E adesso giochiamo

VI PRESENTO LA NUVOLA OLGA E I SUOI AMICI

FILIPPO PESCIOLINO

IL SIGNOR TALPA E
IL TOPO NINO...
SIGNOR TALPA
ODIO
I PESCI
DISPETTOSI

... E L'ALBERO VANITOSO

DEVI PROPRIO?

UN CONCERTO PER LA NUVOLA OLGA

OGGI LA NUVOLA OLGA È
MOLTO TRISTE.

LA NUVOLA OLGA
NON HA NEANCHE VOGLIA
DI FARE LA PIOGGIA
CON LE SUE AMICHE.

«SU, OLGA, NON FARE
COSÍ», DICE IL SOLE.

«GUARDA, ARRIVA
UN UCCELLINO! HA UNA
LETTERA PER TE...»

L'UCCELLINO PINO HA
PORTATO A OLGA UN INVITO
AL CONCERTO.

OLGA SI METTE UN CAPPELLINO ELEGANTE.

L'UCCELLINO PINO ACCOMPAGNERÀ OLGA AL CONCERTO.

OLGA ARRIVA E PRENDE
POSTO IN SECONDA FILA,
PROPRIO DIETRO AI GATTI.

OLGA È MOLTO EMOZIONATA.

ECCO, ARRIVA
IL PRESENTATORE!

OLGA È CURIOSA, PERCHÉ
NON È MAI STATA A UN
CONCERTO.

FINALMENTE
IL CONCERTO INIZIA!

LA MUSICA È MERAVIGLIOSA.

LA NUVOLA OLGA SI COMMUOVE, E FINALMENTE SORRIDE!

I GATTI APPLAUDONO
FELICI.

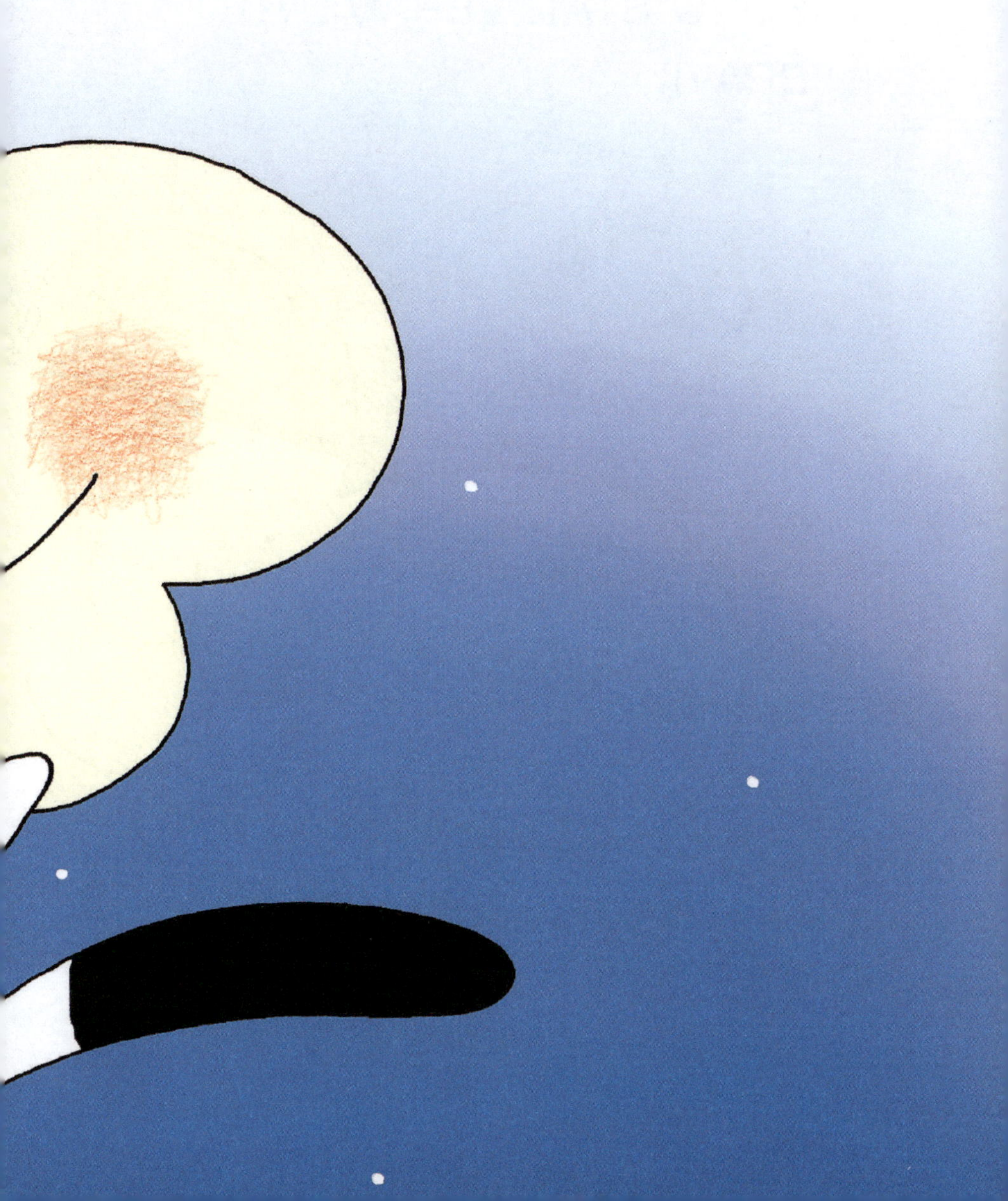

OLGA FA I COMPLIMENTI AI MUSICISTI.

SONO STATI VERAMENTE BRAVI!

SI È FATTO MOLTO TARDI.

LA NUVOLA OLGA
SI È DIVERTITA MOLTO,
MA ORA È STANCA.

STANOTTE LA NUVOLA
OLGA DORMIRÀ MOLTO
BENE.

FARÀ SOGNI MERAVIGLIOSI
RICORDANDO LA MUSICA
DEL CONCERTO.

LA NUVOLA OLGA E IL MARINAIO

SPLENDE IL SOLE.

LA BARCA DI PIETRO MARINAIO NAVIGA SULLE ONDE.

IL CANE PEPE GUARDA LONTANO.

LA BARCA CORRE
LEGGERA.

IL VENTO FRESCO GONFIA
LA VELA.

PIETRO E PEPE SONO
FELICI.

NEL CIELO C'È SOLO UNA
NUVOLA BIANCA E TONDA...

È LA NUVOLA OLGA!

MA ECCO CHE ARRIVANO
TANTE NUVOLE GRIGIE...

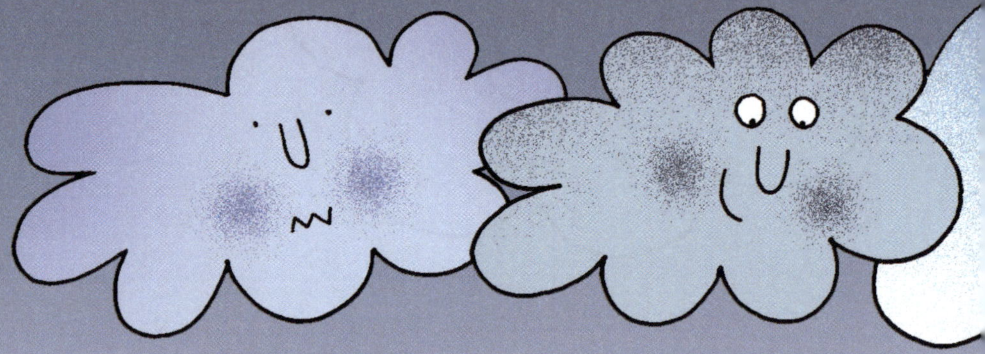

ARRIVA ANCHE IL VENTO.

LE ONDE DEL MARE
SONO ALTE!

ORA LA PICCOLA BARCA
CORRE TROPPO!

IL MARINAIO PIETRO NON
SA COSA FARE.

IL CANE PEPE HA PAURA.

IL VENTO FORTE PORTA VIA
LA VELA.

AIUTO!

LA BARCA È IN PERICOLO!

SENZA VELA, LA BARCA NON NAVIGA PIÚ.

«COSA POSSO FARE?» PENSA LA NUVOLA OLGA.

ANCHE
I PESCI SONO
PREOCCUPATI!

PEPE E PIETRO SONO TRISTI!

PER FORTUNA LA NUVOLA
OLGA HA UN'IDEA!

LA NUVOLA OLGA SI
ATTACCA ALL'ALBERO
DELLA BARCA.

«CORAGGIO, SARÒ IO LA
VOSTRA VELA!» DICE OLGA.

OLGA FA LA VELA.

LA BARCA
GIUNGE SUBITO
A RIVA.

ORA IL MARINAIO PIETRO
E IL CANE PEPE SONO
AL SICURO!

«GRAZIE, NUVOLA OLGA!»

FILIPPO PESCIOLINO FA GLI SCHERZI

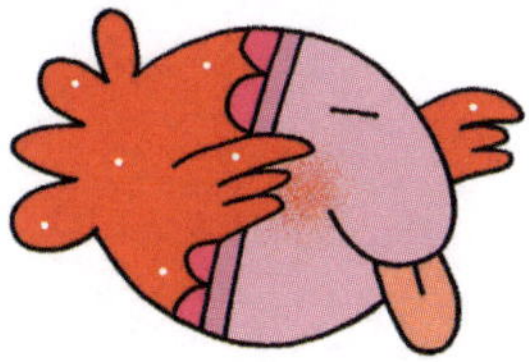

FILIPPO PESCIOLINO SI
SVEGLIA PRESTO.

FILIPPO INVITA TONINO
LA PESTE A GIOCARE.

FILIPPO PESCIOLINO E
IL SUO AMICO TONINO
NUOTANO INSIEME IN
CERCA DI AVVENTURE.

FILIPPO E TONINO AMANO
FARE GLI SCHERZI.

FILIPPO E TONINO
SPINGONO LA BARCA DI
ROBO RANOCCHIO.

ROBO RANOCCHIO CADE IN ACQUA... POVERINO!

FILIPPO E TONINO
INCONTRANO PAOLO,
IL POLPO LETTORE.

FILIPPO E TONINO RUBANO
GLI OCCHIALI DI PAOLO!

FILIPPO E TONINO VANNO DA SABRINA LA STELLA MARINA.

FILIPPO E TONINO RUBANO
IL CAPPELLO A SABRINA.

FILIPPO E TONINO LANCIANO
SASSI CONTRO LA FINESTRA
DI TULLIA TRIGLIA.

TULLIA TRIGLIA SI SPAVENTA MOLTO.

FILIPPO E TONINO FANNO LE BOCCACCE A TELMA TARTARUGA.

TELMA SI OFFENDE.

FILIPPO E TONINO FANNO
IL SOLLETICO A SERGIO
SERPENTE DI MARE...

SERGIO SERPENTE È
SECCATO.

FILIPPO E TONINO RUBANO
I GIOCATTOLI A PAOLINA
PESCIOLINA.

PAOLINA PESCIOLINA È
DISPERATA.

FILIPPO E TONINO FANNO
TROPPI SCHERZI.

ARRIVA LO ZIO GIANNI
SARDINA E LI SGRIDA.

ZIO GIANNI SARDINA
AFFERRA I PESCIOLINI CON

LA SUA GRANDE PINNA E
LI PORTA A CASA SUA.

STASERA, PER CASTIGO,
FILIPPO E TONINO VANNO
A LETTO SENZA CENA!

FILIPPO

LA NUVOLA OLGA E LO SPAVENTAPASSERI

PETER SPAVENTA I PASSERI
IN MEZZO AL PRATO.

PETER NON VUOLE CHE
I PASSERI MANGINO I SEMI...

NEANCHE UNO!

io scappo

I PASSERI CHIEDONO AIUTO
ALLA NUVOLA OLGA.

è tanto antipatico
ci manda sempre via

LA NUVOLA OLGA DICE:
«CI PENSO IO. NESSUNO
DEVE SPAVENTARE
I MIEI AMICI!»

andiamo
seguitemi...

LA NUVOLA OLGA VOLA DA PETER LO SPAVENTAPASSERI E LO PUNISCE.

ben gli sta

PETER È UN PO’ TRISTE.

PETER DICE: «CHE ALTRO POSSO FARE QUI NEL PRATO, DA SOLO?»

in fondo non è cattivo!

LA NUVOLA OLGA HA UN'IDEA.

OLGA DICE: «TI PORTIAMO SULLE NUVOLE. VEDRAI IL MONDO DALL'ALTO!»

tenetelo forte con il becco!

PETER LO SPAVENTAPASSERI
È UN PO' PREOCCUPATO.

PETER NON AVEVA MAI
VOLATO PRIMA.

più veloci dai...
aiuto ho paura

PETER ARRIVA SOPRA LE NUVOLE E GUARDA GIÚ.

PETER È SBALORDITO!

sei contento?
che emozione

che bel panorama
attento a non cadere

PETER VEDE I PRATI,
I BOSCHI E ANCHE IL MARE,
LONTANO LONTANO.

PETER LO SPAVENTAPASSERI
È FELICE!

A PETER GIRA UN PO'
LA TESTA.

ADESSO PETER
VUOLE TORNARE
AL SUO PRATO.

portate giú il povero Peter

fate pianino

GLI UCCELLINI PORTANO
GIÚ PETER.

PETER DICE AI PASSERI:
«NON VI SPAVENTERÒ PIÚ.
ORA SIAMO AMICI!»

Peter è diventato molto gentile!

L'ALBERO VANITOSO E IL NIDO

IL SIGNOR MERLO E SUA
MOGLIE VOGLIONO FARE
IL NIDO SU UN ALBERO
VANITOSO.

L'ALBERO VANITOSO SI
CHIAMA GIOVANNI.

I MERLI LAVORANO
PER GIORNI E
GIORNI.

PER L'ALBERO
GIOVANNI
C'È TROPPA
CONFUSIONE.

IL NIDO È QUASI
PRONTO...

IL NIDO FA IL SOLLETICO
ALL'ALBERO GIOVANNI!

POVERO GATTO

LA SIGNORA MERLO COVA LE UOVA.

LA SIGNORA MERLO DEVE STARE IN PACE.

IL SIGNOR MERLO MANDA VIA UN GATTO.

I GIORNI PASSANO.

I MERLI COVANO SERENI.

I PICCOLI STANNO PER NASCERE!

ECCO I PICCOLI!

I PICCOLI APRONO
GLI OCCHI
E GUARDANO
IL MONDO.

I PICCOLI
HANNO FAME.

PAPÀ E MAMMA
PORTANO DEL
CIBO.

TEMO CHE PIOVERÀ

PAPÀ E MAMMA SONO STANCHI.

PAPÀ E MAMMA VANNO A RIPOSARE.

OH, NO! SI METTE
A PIOVERE!

I PICCOLI MERLI SONO
IN PERICOLO.

PER FORTUNA ARRIVA
UN GATTO.

IL GATTO SCALDA I PICCOLI
CON LA SUA PELLICCIA.

PAPÀ E MAMMA
TORNANO.

LA PIOGGIA FINISCE.

IL GATTO E I PICCOLI
SONO DIVENTATI
AMICI.

L'ALBERO GIOVANNI
È FELICE.

LA NUVOLA OLGA E LA NEBBIA

LA NEBBIA SALE
DAL MARE, LENTA LENTA
E INESORABILE.

LA NUVOLA OLGA FA
LA PIOGGIA PER CACCIARE
LA NEBBIA.

MA LA NEBBIA RIMANE.

LA NEBBIA DIVENTA SEMPRE PIÚ FITTA.

LA NUVOLA OLGA E
L'UCCELLINO UGO SONO
DISPERATI.

LA NUVOLA OLGA È MOLTO PREOCCUPATA PER GLI AUTOMOBILISTI.

GLI AUTOMOBILISTI
ORA DEVONO GUIDARE
CON PRUDENZA.

LA NUVOLA OLGA VA DALLE
ZIE GRIGIONE E CHIEDE:
«VOI POTETE CACCIARE
LA NEBBIA?»

MA LE ZIE NON POSSONO
FARE NULLA.

ALLORA LA NUVOLA OLGA
VA DAL SOLE.

MA NEMMENO IL SOLE PUÒ
CACCIARE LA NEBBIA.

NEANCHE LA LUNA PUÒ
FARE QUALCOSA.

ANCHE PERCHÉ ORA DORME!

LO SCOIATTOLO TITO SA
COSA FARE!

BISOGNA CHIEDERE AIUTO
AL VENTO DEL NORD!

IL VENTO DEL NORD ABITA
DIETRO LE MONTAGNE.

IL VENTO DEL NORD È
MOLTO SIMPATICO:
CACCERÀ LA NEBBIA PER
FARE PIACERE ALLA
NUVOLA OLGA!

IL VENTO DEL NORD SEGUE
LA NUVOLA OLGA IN CITTÀ.

IL VENTO DEL NORD
COMINCIA
A SOFFIARE.

IL VENTO DEL NORD SOFFIA
CON TUTTE LE SUE FORZE.

LA NEBBIA SE NE ANDRÀ
PRESTO.

LA NEBBIA È SPARITA!

IL VENTO DEL NORD HA FATTO UN OTTIMO LAVORO!

LA NUVOLA OLGA È FELICE.

IL COMPLEANNO DELLA LUNA

IL GIORNO È FINITO,
E IL SOLE
È ANDATO A DORMIRE.

ORA NEL CIELO BUIO
SPLENDE LA LUNA.

QUESTA NOTTE
LA LUNA HA UNA
FACCIA SPECIALE, MA
NON TUTTI I GATTI
SANNO PERCHÉ…

IL GATTO PELLICCIA
GUARDA
DALLA FINESTRA.

IL MOMENTO CHE
ASPETTAVA È ARRIVATO:
QUESTA NOTTE
È IL COMPLEANNO
DELLA LUNA!

IL GATTO PELLICCIA
HA UN PROGETTO
PER FARE FESTA,
E LA SUA AMICA NINA
È D'ACCORDO.

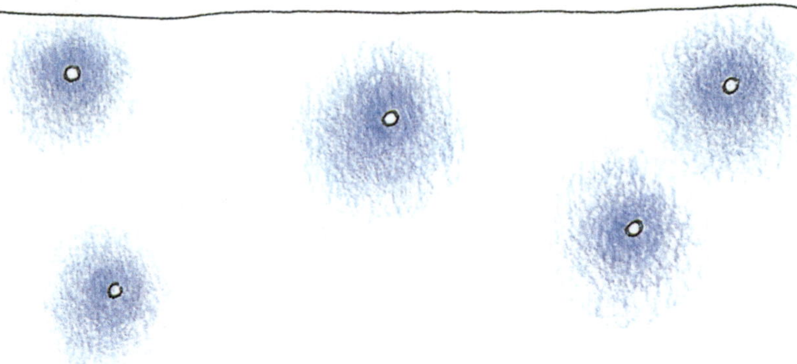

IL GATTO PELLICCIA
E NINA PRENDONO
UNA SCALA E VANNO
A TROVARE LA LUNA.

PRIMA LE FANNO
GLI AUGURI, POI
LE METTONO UN PO'
DI TRUCCO ROSSO
SULLE GUANCE.

«SEI SEMPRE COSÍ
PALLIDA!» LE DICONO.

POI NINA
E IL GATTO PELLICCIA
INVITANO LA LUNA
A SALTARE GIÚ:
LA LUNA È INDECISA,
HA PAURA…

FINALMENTE LA LUNA
TROVA IL CORAGGIO
DI SALTARE.

NINA E PELLICCIA
SONO MOLTO
CONTENTI.

TUTTI SALGONO
SULLA BICI DI NINA,
CHISSÀ DOVE
ANDRANNO...

VANNO
SOTTO UN ALBERO
A FARE UN PICNIC,
E LA LUNA
BEVE L'ARANCIATA.

POI SI METTONO
A LEGGERE,
MA IL GATTO PELLICCIA
HA GIÀ SONNO...

ZZZ... ZZZ...

LA NOTTE È PASSATA.

NINA SI SVEGLIA,
E PENSA DI AVER FATTO
UN BEL SOGNO.

INTANTO ANCHE LA LUNA
STA ANDANDO
A DORMIRE:
HA ANCORA UN PO'
DI ROSSETTO
SULLE GUANCE...

FILIPPO PESCIOLINO E LA STELLA MARINA

MARINELLA, LA STELLA MARINA, VA A TROVARE FILIPPO PESCIOLINO.

FILIPPO È MOLTO CONTENTO.

FILIPPO E MARINELLA
FANNO MERENDA INSIEME:
LE ALGHE SONO SQUISITE!

FILIPPO E MARINELLA FANNO

UN GIRETTO TRA LE ONDE.

I DUE AMICI INCONTRANO UN PESCIONE MALEDUCATO.

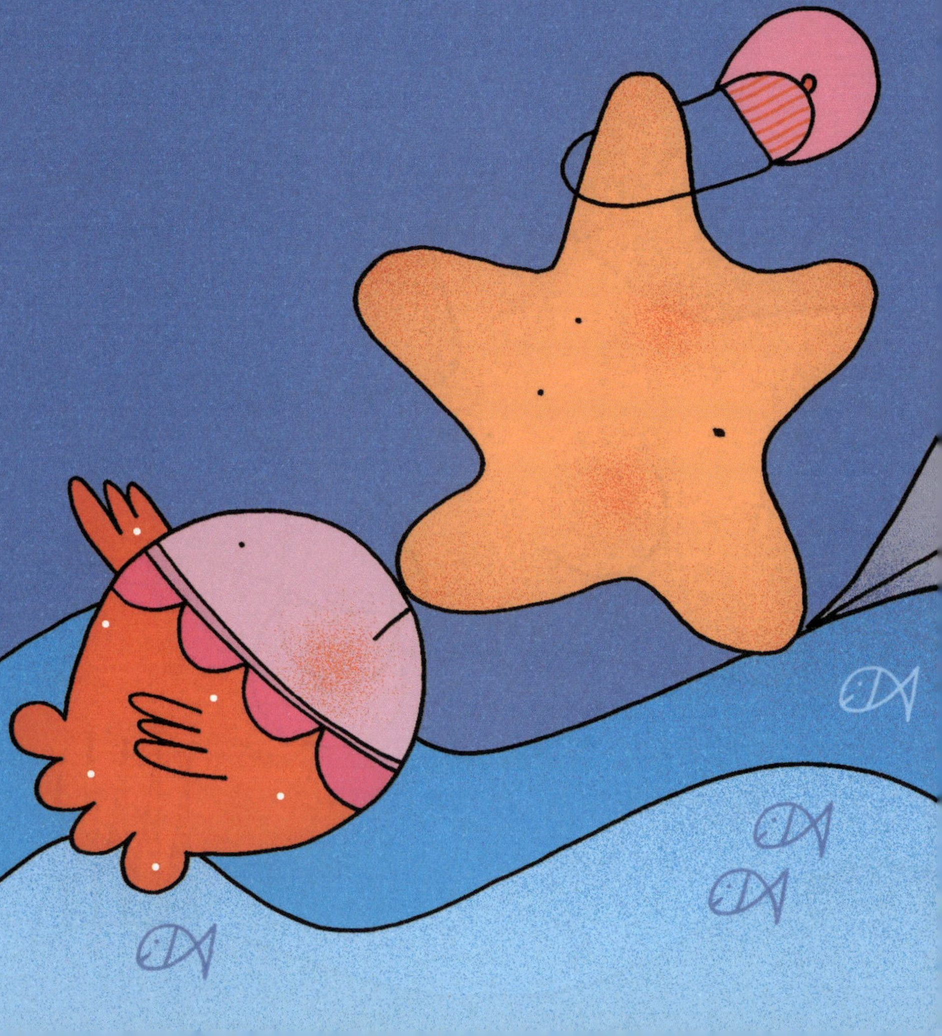

CHE PAURA!

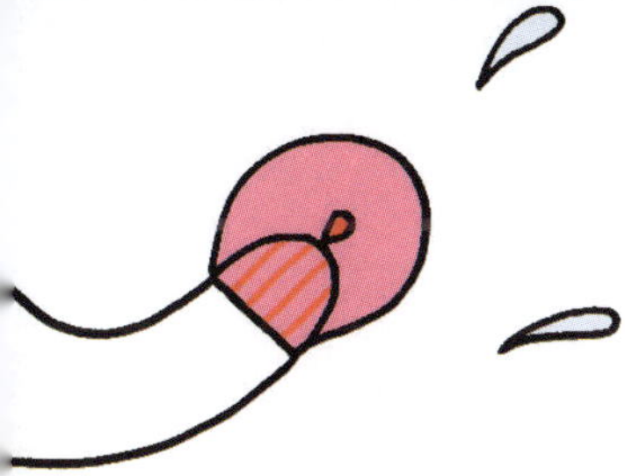

IL PESCIONE MALEDUCATO
LANCIA IN ARIA FILIPPO
PESCIOLINO E LA POVERA
MARINELLA.

FILIPPO E MARINELLA
VOLANO FUORI
DALL'ACQUA.

LA FARFALLA LUCIA È
MOLTO PREOCCUPATA.

FILIPPO E MARINELLA SONO
IN PERICOLO: FUORI

DALL'ACQUA NON POSSONO RESPIRARE!

UN UCCELLO GENTILE
VIENE AD AIUTARE FILIPPO
E MARINELLA.

L'UCCELLO PEDRO DICE:
«STATE CALMI, AMICI! VI
PORTO SUBITO IN SALVO!»

L'UCCELLO PEDRO PORTA
I DUE AMICI SUL MARE.

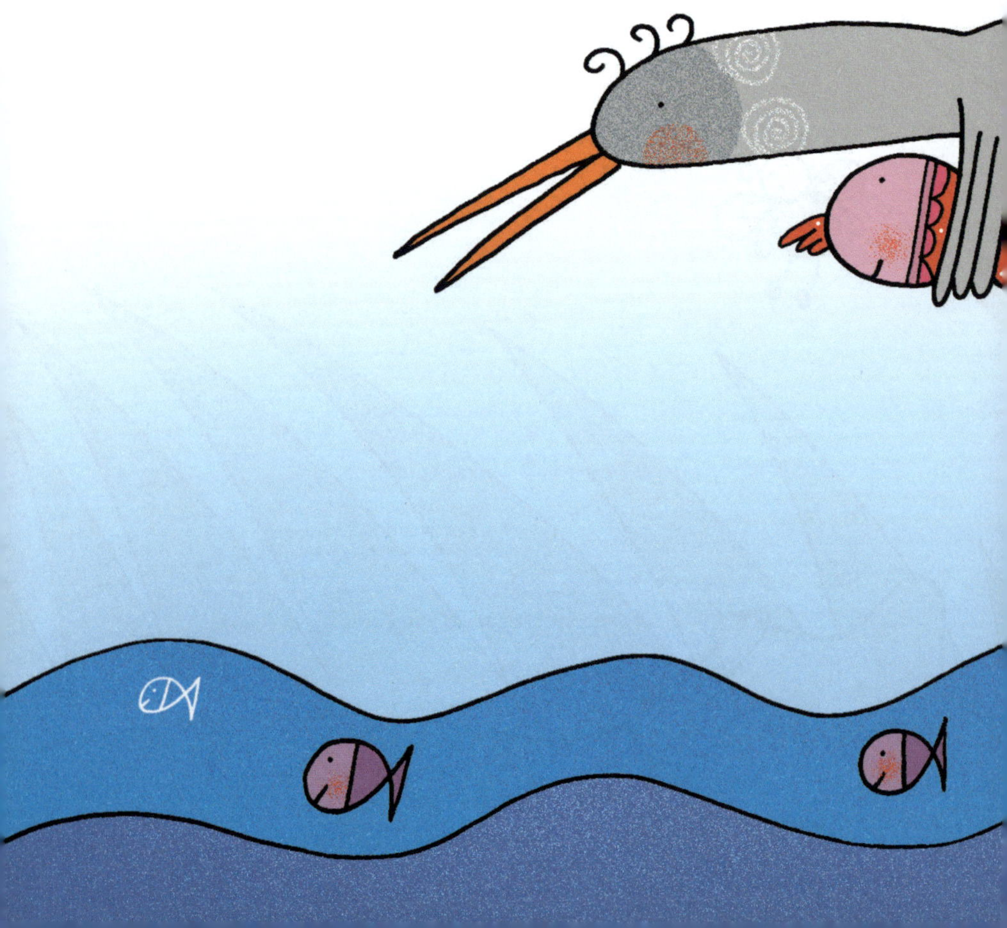

NON C'È UN ATTIMO DA PERDERE.

FILIPPO E MARINELLA
SALTANO SUBITO IN ACQUA!

FILIPPO E MARINELLA
ERANO SENZA
FIATO!

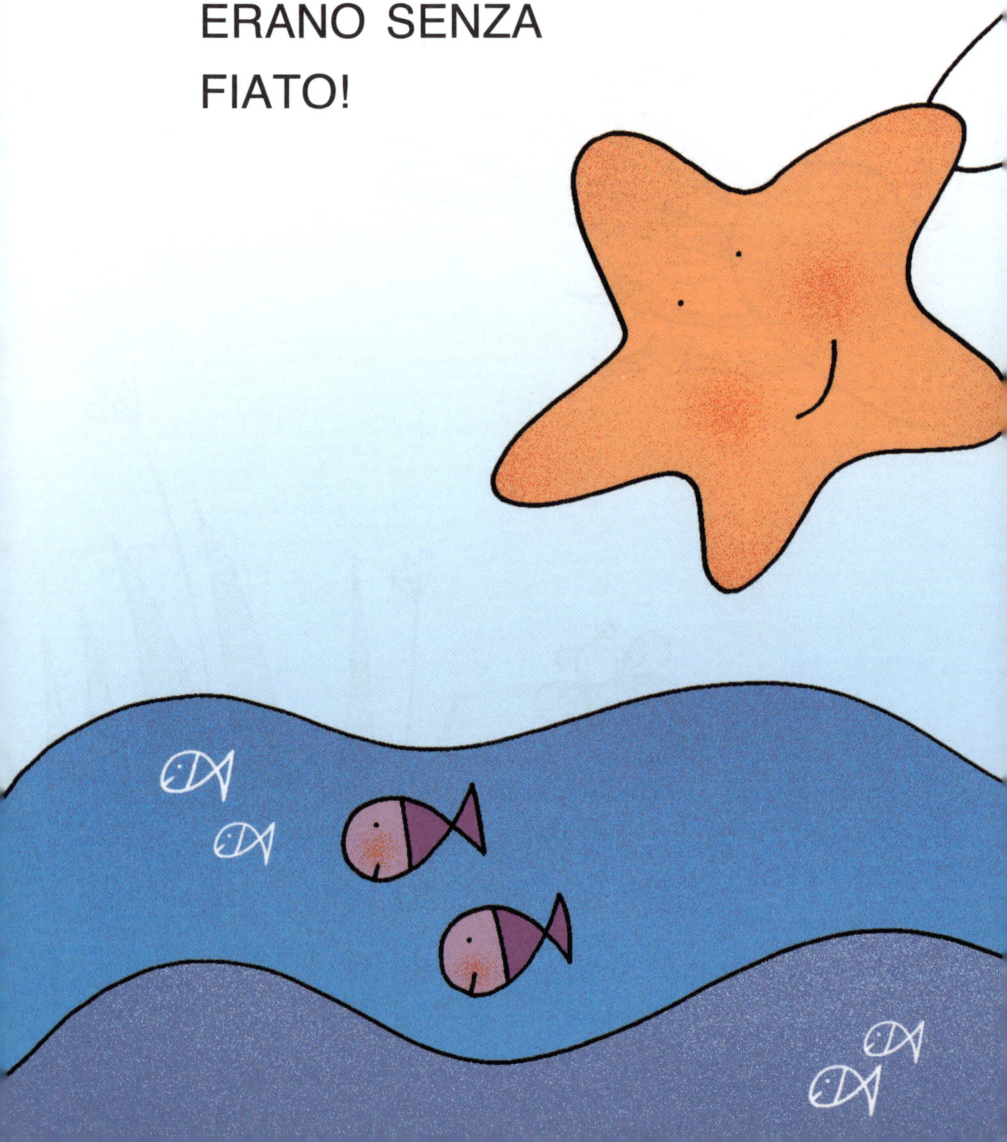

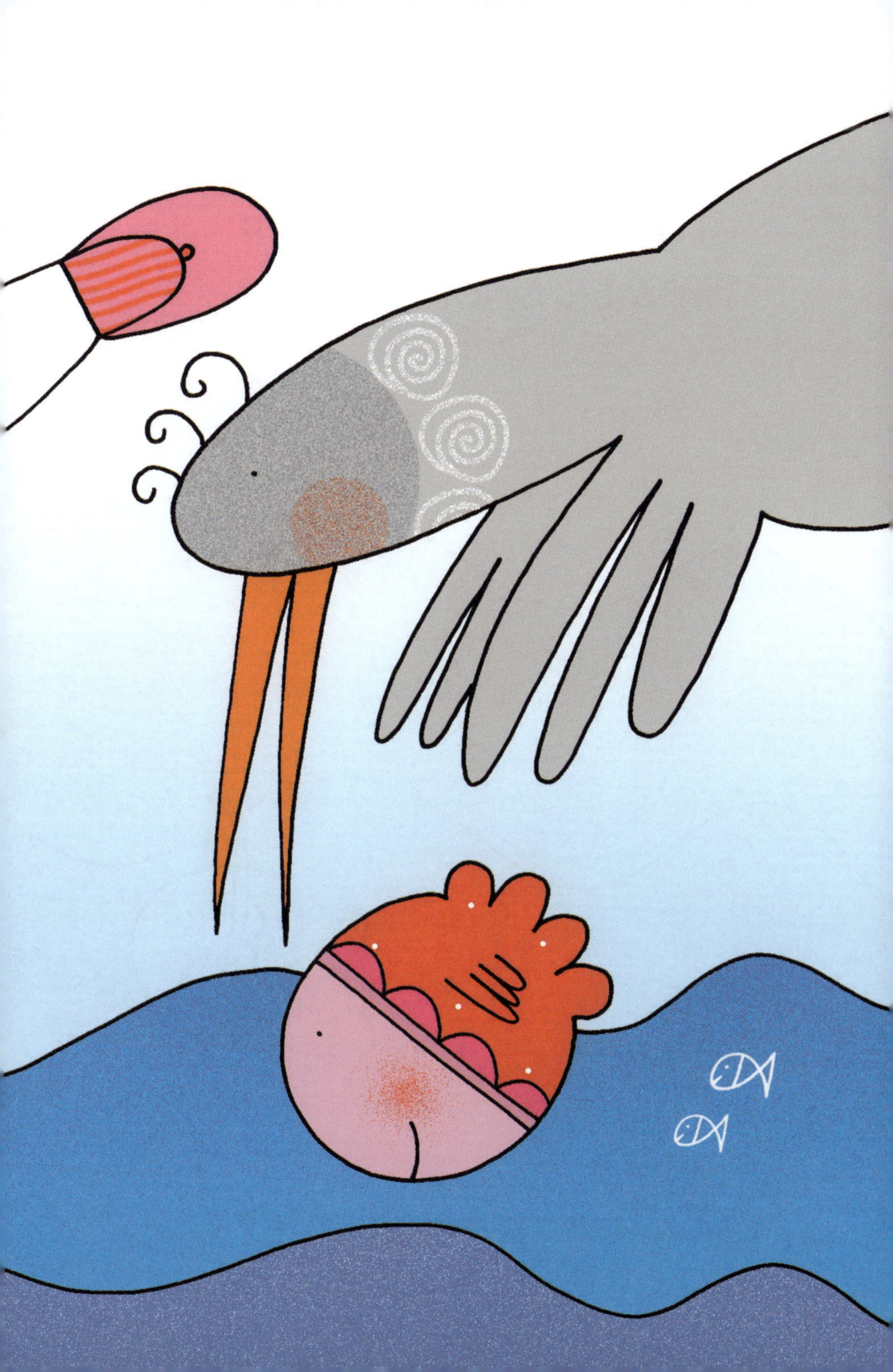

ORA FILIPPO E MARINELLA
TORNANO A NUOTARE
FRA LE ONDE.

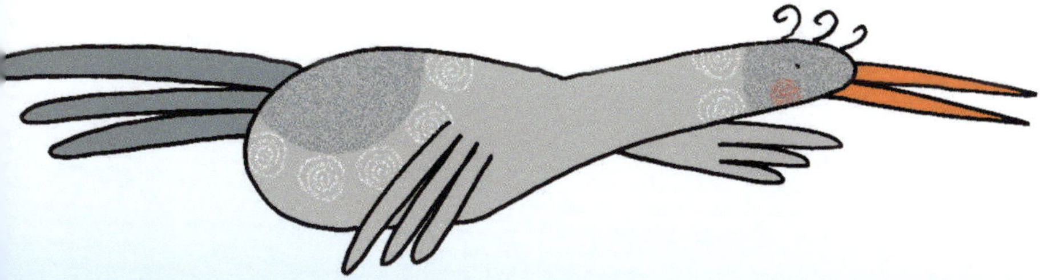

GRAZIE, PEDRO!

IL SOGNO DELL'ALBERO VANITOSO

SCENDE LA SERA.

I BAMBINI CORRONO A CASA
E GLI UCCELLINI VOLANO.

SOLO L'ALBERO GIOVANNI
RESTA FERMO.

L'ALBERO GIOVANNI NON
PUÒ MUOVERSI.

L'ALBERO GIOVANNI
È UN PO' TRISTE.

È BUIO.

L'ALBERO GIOVANNI HA SONNO.

L'ALBERO GIOVANNI
CHIUDE GLI OCCHI E SI
ADDORMENTA.

SI ALZA IL VENTO:
È UN VENTO MOLTO FORTE.

L'ALBERO GIOVANNI SI
SOLLEVA DA TERRA!

IL VENTO FA VOLARE
L'ALBERO GIOVANNI COME
UN UCCELLO!

L'ALBERO GIOVANNI HA
UN PO' DI PAURA.

ALL'ALBERO GIOVANNI
SPUNTANO I PIEDI!

DOPO UN LUNGO VOLO
L'ALBERO GIOVANNI
ATTERRA.

L'ALBERO GIOVANNI È
ARRIVATO SULLA LUNA!

UN AMICO GLI DÀ
IL BENVENUTO.

L'ALBERO LUNARE E
GIOVANNI BALLANO INSIEME.

L'ALBERO GIOVANNI NON
AVEVA MAI BALLATO.

BALLARE È MOLTO BELLO!

OH NO! L'ALBERO GIOVANNI INCIAMPA!

L'ALBERO LUNARE È MOLTO PREOCCUPATO…

L’ALBERO GIOVANNI CADE
GIÚ DALLA LUNA.

L’ALBERO GIOVANNI NON
SA VOLARE!

L'ALBERO GIOVANNI APRE
GLI OCCHI...

PER FORTUNA ERA SOLO
UN SOGNO!

TUTTI GLI AMICI VENGONO
A TROVARE L'ALBERO
GIOVANNI.

L'ALBERO GIOVANNI
È MOLTO FELICE!

IL SIGNOR TALPA
E IL TOPO NINO

GENNAIO

CON LA NEVE
BIANCA E MORBIDA,
IL SIGNOR TALPA
E IL TOPO NINO
COSTRUISCONO
UN BELLISSIMO PUPAZZO.

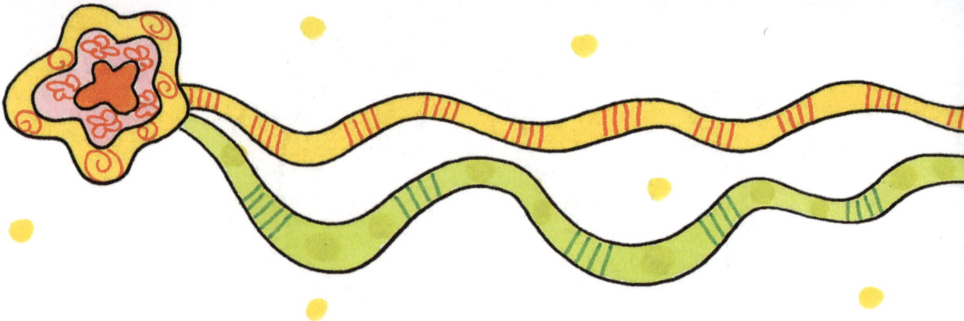

FEBBRAIO

IL SIGNOR TALPA
E IL TOPO NINO
VANNO ALLA FESTA
MASCHERATA.

NINO SI È VESTITO
DA INDIANO.

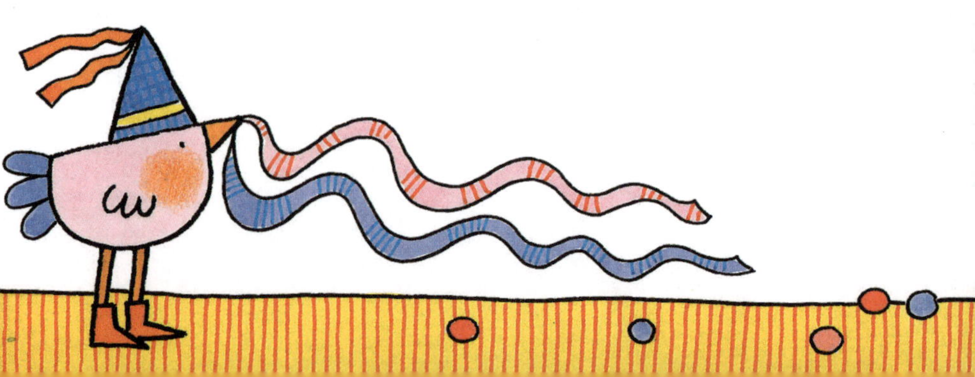

MARZO

IL TEMPO
È PAZZERELLO.

PER ANDARE
A SCUOLA
CI VUOLE L’OMBRELLO.

APRILE

IL TOPO NINO
HA PRESO
IL RAFFREDDORE.

PASSERÀ PRESTO,
MA È MEGLIO PRENDERE
LA MEDICINA.

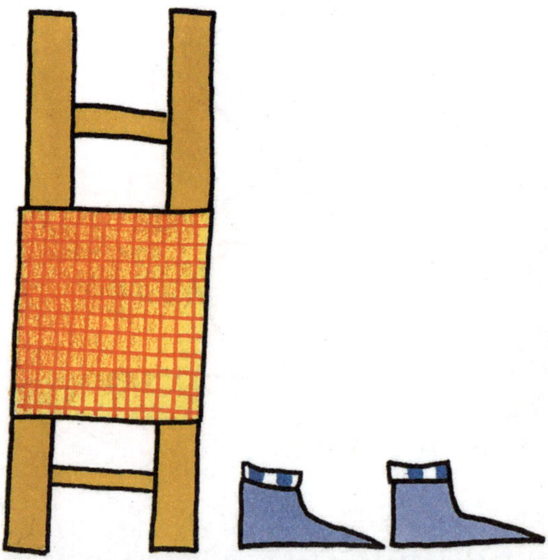

MAGGIO

IL TEMPO È BELLO,
LE FOGLIE
DEGLI ALBERI
SPLENDONO AL SOLE.

IL SIGNOR TALPA
FA UNA DORMITINA
SUL PRATO.

GIUGNO

IL SIGNOR TALPA
E IL TOPO NINO
VANNO AL BAR
A MANGIARE
UN GELATO.

LUGLIO

IL SOLE SPLENDE,
IL MARE È AZZURRO.

IL SIGNOR TALPA
E IL TOPO NINO
VANNO A FARE
UN GIRETTO IN BARCA.

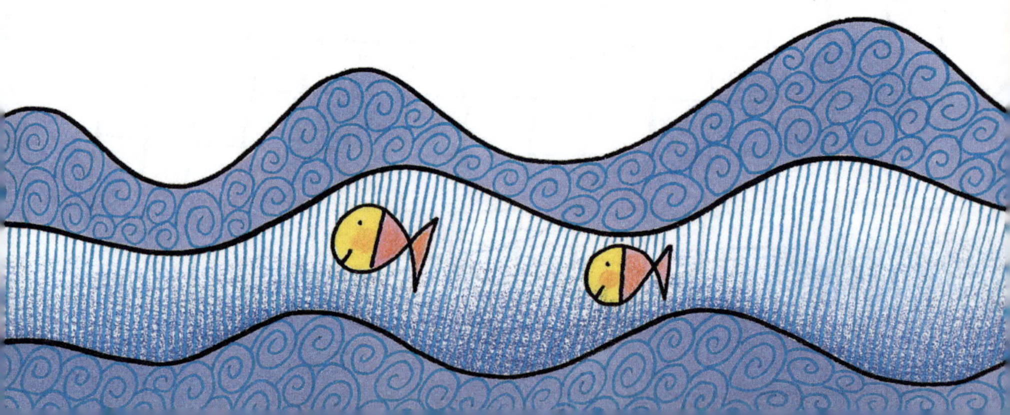

AGOSTO

IL SIGNOR TALPA
E IL SUO AMICO TOPO
VANNO IN MONTAGNA.

QUESTA NOTTE
DORMIRANNO
SOTTO LA TENDA.

CHE EMOZIONE!

SETTEMBRE

QUESTO È
IL MESE IDEALE
PER FARE
UNA GITA
IN BICICLETTA.

OTTOBRE

IL SIGNOR TALPA
E IL TOPO NINO
HANNO RACCOLTO
LE CASTAGNE.

DOPO AVERLE SBUCCIATE
E CUCINATE,
FANNO UNA BELLA
SCORPACCIATA.

NOVEMBRE

FUORI È BUIO
E FA FREDDO.

IL SIGNOR TALPA
E IL TOPO NINO
BEVONO UN TÈ CALDO.

DICEMBRE

STA PER ARRIVARE
NATALE.

IL SIGNOR TALPA
E IL TOPO NINO
HANNO PREPARATO
UN ALBERO BELLISSIMO.

... E ADESSO GIOCHIAMO

TROVA FILIPPO PESCIOLINO
TRA TUTTI I SUOI AMICI.

QUANTI PESCETTI

DÀI UN NOME AGLI AMICI

DELL'ALBERO GIOVANNI.

DISEGNA UN'AMICA DELLA NUVOLA OLGA.

IO MI CHIAMO ROSA
DISEGNA UNA NUOVA AMICA E DALLE UN NOME

DISEGNA IL SOGNO
DELL'ALBERO GIOVANNI.

SCRIVI NEI QUADRATINI LE INIZIALI DEI DISEGNI.

SCOPRIRAI LA STAGIONE
PREFERITA DI OLGA.

Finito di stampare nel mese di novembre 2018
per conto delle Edizioni EL
presso OZGraf, Olsztyn, Polonia